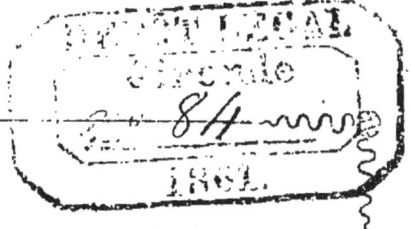

LA QUESTION

DES

THÉATRES

PAR

M. TROIS ÉTOILES

BORDEAUX

FERET, LIBRAIRE, ÉDITEUR,

15, fossés de l'Intendance.

1861

LA QUESTION

DES

THÉATRES

PAR

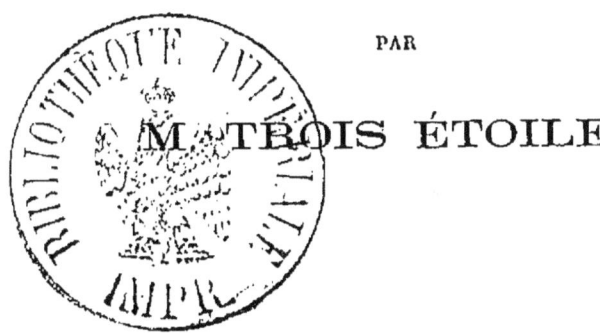

M. TROIS ÉTOILES

——❦——

BORDEAUX

FERET, LIBRAIRE, ÉDITEUR,

15, fossés de l'Intendance.

——

1861

LA QUESTION

DES

THÉATRES

———❦———

Il n'y a pas de question locale qui ait eu le pri-
vilége d'occuper plus les esprits que la question
des Théâtres. Un navire de trois cents tonneaux
ne porterait pas tous les écrits, brochures, rapports et discours publiés ou prononcés sur ce grave
sujet depuis trente ans.

Néanmoins, jamais le Théâtre, cet intéressant
malade que tant de docteurs ont essayé de guérir,
ne s'est trouvé en plus triste état. La profusion
des remèdes semble n'avoir eu d'autre résultat que
de multiplier ses infirmités. Subventions adminis-
trées à plus fortes doses, applications de sangsues
sous forme d'articles de cahier des charges, ca-
taplasmes de commissions émollientes, lénitives,
édulcorantes et relaxatives, rien n'y a fait.

Serait-il donc incurable ? ou plutôt, les remèdes, en ce cas comme en beaucoup d'autres, n'auraient-ils pas été pires que le mal ?

L'exploitation des Théâtres est une entreprise artistique et commerciale.

Comme entreprise artistique, elle exige un chef qui ait quelques notions littéraires et quelque sentiment des belles choses.

Comme entreprise commerciale, elle exige un chef intelligent, actif, ordonné, ayant des capitaux et du crédit.

Confier la direction des Théâtres à des ténors asthmatiques, à des danseurs écloppés, à des coiffeurs en retraite et à des capitalistes protestés, aussi dépourvus les uns les autres de finances que de talent administratif, c'est donc condamner d'avance l'entreprise à l'insuccès.

Or, que retrouve-t-on parmi les dix ou douze directeurs qui se sont succédé depuis trente ans à l'administration des Théâtres de Bordeaux ?

Comment le Conseil municipal, composé en grande partie d'hommes qui ont acquis dans la rude pratique du commerce et de l'industrie la considération et la fortune, d'hommes qui connaissent mieux que personne les conditions fondamentales sans lesquelles il n'y a pas d'affaires prospères ; comment le Conseil municipal a-t-il pu confier la direction d'une telle entreprise à de tels candidats ? Certes, il y a de quoi être surpris.

Mais il y a quelque chose de plus surprenant encore : c'est l'étonnement du Conseil municipal, à la suite des inévitables catastrophes éprouvées par ses élus.

Cet étonnement se manifeste à chaque nouvelle déconfiture par des dissertations en session constitutionnelle et des rapports lamentables où l'on s'en prend à tout, excepté à la véritable cause : l'abandon d'une entreprise industrielle à des hommes sans argent, sans crédit, et assez généralement poursuivis par leurs créanciers.

On me dira que j'en parle fort à l'aise ; que les millionnaires qui visent aux entreprises théâtrales ne courent pas les rues ; que l'on ne choisit pas des gens sans crédit par plaisir ; que l'on prend ce que l'on trouve ; que, s'il ne se présente que des entrepreneurs obérés, il faut bien en passer par là, ou fermer les portes du Théâtre ; que la critique est aisée, et l'art difficile ; que le plus embarrassé est celui qui tient la queue de la poêle, etc., etc.....

A quoi je réponds : que, s'il ne se présente que des gens obérés, c'est par la faute du Conseil municipal, qui arrange les choses de façon à ce que

les hommes sérieux s'éloignent d'une entreprise
au bout de laquelle les attend une ruine assurée,
grâce aux conditions qui leur sont faites.

Je suis fâché de le dire, mais, dès que cette
malheureuse question des Théâtres revient sur le
tapis, le Conseil municipal semble perdre son esprit pratique; la droiture de son jugement fléchit,
et tout se fait au rebours du sens commun.

A l'exemple de ces chevaux de manéges hydrau-
liques qui tournent machinalement avec des co-
quilles de basane sur les yeux, nos édiles suivent
aveuglément la même voie, sans en savoir sortir.
L'expérience du passé ne leur a rien appris, et,
lorsqu'ils font un pas, c'est pour tourner dans le
même cercle.

Ainsi, à l'heure qu'il est, il n'y a pas un mem-
bre du Conseil municipal qui ne soit encore dominé
par cette pensée, que le secret d'une bonne administration théâtrale gît tout entier dans les étreintes
d'un cahier des charges. Jusqu'ici, il ne s'est pas
rencontré dans cette Compagnie, qui compte cepen-
dant tant d'esprits vraiment éclairés, un homme
qui, laissant les vieilles traditions pour ce qu'elles
valent, ait essayé de faire comprendre à ses col-
lègues que le salut d'une pareille entreprise n'est
pas dans l'asservissement du directeur à des clauses plus ou moins étroites, mais dans son af-

franchissement d'un contrôle méticuleux et inopportun.

Nous traitons nos directeurs comme des scélérats. Nous les claquemurons dans les cellules d'un cahier des charges, chaque année plus étroites. Nous leur attachons solidement les bras et les jambes au moyen d'articles à double gourmette ; nous les faisons escorter par des gendarmes déguisés en caissiers nommés par la Ville, en surveillants nommés par la Ville, en inspecteurs nommés par la Ville, sans préjudice du contrôle ordinaire de M. l'Adjoint au Maire et de MM. les Commissaires de police ; et lorsque nous les avons enveloppés comme des momies d'Égypte avec toutes ces bandelettes agglutinatives, nous leur disons : Allez et dirigez les théâtres ; ayez de l'autorité sur vos ouvriers, sur vos fournisseurs, sur vos acteurs et sur vos actrices, gens faciles à conduire comme on sait, et faites de brillantes affaires.

Or, je le demande, quel est l'homme raisonnable, ayant quatre sous vaillant, qui consente à risquer son avoir et l'honneur de son nom dans cette impasse au fond de laquelle il doit se rencontrer un beau matin nez à nez avec la faillite ? Ce qui explique pourquoi le champ reste libre aux.... autres.

A quoi bon s'évertuer à faire un cahier des charges d'une pratique impossible, propre tout au plus à écarter les candidats sérieux, pour en modifier ensuite les rigueurs au fur et à mesure des conséquences désastreuses qu'il amène, ainsi que cela s'est vu pour toutes les directions en détresse?

Pourquoi ne pas s'arrêter à des bases simples et larges à la fois, dépourvues de ces complications et restrictions toujours fatales aux affaires, quelle qu'en soit la nature?

Je ne blâme pas le Conseil municipal de rechercher des garanties; son seul tort, à mon sens, est d'aller les prendre où il ne faut pas.

Au lieu de les demander à un système de surveillance et d'obsessions impuissant, pourquoi ne pas les demander au cautionnement en argent? Les garanties pécunaires ne sont-elles pas les meilleures? Une fois pris par là, le directeur sera pris par le bon côté; et l'Administration municipale, suffisamment couverte, abandonnant les théâtres aux éventualités ordinaires, fortunées ou non, de toutes les entreprises, pourra se tourner vers d'autres objets plus dignes de sa haute sollicitude.

A mon avis, pour qu'un cautionnement soit entièrement efficace, le chiffre devrait en être fixé à

50,000 fr. Du reste, c'est un calcul à faire, des chances à peser ; mais, une fois le calcul fait, la décision prise et le chiffre arrêté, il sera bien de s'y tenir.

· Fixer aujourd'hui le cautionnement à 50,000 fr. pour l'abaisser demain à 30,000, serait, je le craindrais, se donner gratuitement, aux yeux du public, l'air d'esprits versatiles qui ne savent ni ce qu'ils disent, ni ce qu'ils veulent, ni ce qu'ils font.

Cela dit, ouvrons ici une parenthèse pour établir les points principaux d'un système dont la justification s'offrira d'elle-même dans le cours des explications à venir.

Au profit du directeur.

1º Subvention par la Ville de 70,000 fr. payés par douzième, pour l'exploitation de l'opéra, opéra-comique, ballet, comédie.............................F. 70,000
2º Suppression du droit des pauvres perçu à l'entrée des Théâtres........................... 70,000 } 140,000

1·

A la charge du directeur.

3º Versement d'un cautionnement de 50,000 fr.
par le directeur, pour garantir sa gestion vis-à-vis
de la municipalité, et sa solvabilité vis-à-vis des
employés, artistes et fournisseurs.

4º Suppression du droit prélevé au profit des
Théâtres sur les recettes des bals, concerts, spectacles forains, etc., etc.

C'est là tout. Ces clauses acceptées, que chacun
rentre dans sa sphère : M. le Directeur, pour ad-
ministrer les Théâtres; M. l'Adjoint, pour admi-
nistrer l'Hôtel-de-Ville.

Je m'attends à de nombreuses exclamations.
Eh quoi! la Ville accorde une subvention de
140,000 fr.; lui contestera-t-on le grave intérêt
qu'elle a de savoir où passe son argent? Et cela peut-
il être obtenu autrement que par l'exercice du contrôle le plus sévère?

Objection grave qui ne tient pas à la réflexion.

Le Conseil municipal ne lâche pas sa subvention
en une seule fois. Le paiement s'en opère par
douzième. Or, la Ville, détenant un cautionnement de 50,000 fr., est certes à couvert, et bien
au delà.

En outre, ce n'est pas la première fois que le Conseil municipal accorde une subvention. Pourrait-on me dire à quoi cela lui a servi, jusqu'ici, de savoir où passait cette subvention ; à quoi cela a servi à la bonne conduite des affaires, à la bonne marche de l'entreprise, et quel profit, en un mot, il en est résulté pour les arts, pour les artistes et pour lui-même ?

On serait fort en peine de me citer les avantages de ce contrôle. Par contre, les inconvénients foisonnent.

J'ai lu récemment, dans les journaux de la ville, le compte-rendu d'une longue discussion soutenue au sein du Conseil municipal au sujet de l'importance de ce contrôle ; discussion close par la nomination d'un caissier des Théâtres, auquel il a été attribué, en fin de compte, un honoraire de 5,000 fr. par an.

Voilà donc un directeur de Théâtres, le chef d'une maison de commerce importante, dont la balance des recettes et dépenses s'élève à près de 2 millions, auquel on enlève le droit de choisir son caissier !

Il faut dire que, pour unir le plaisant au sévère, le cahier des charges stipule que le caissier est nommé par le maire, le directeur *entendu !!*

Les auteurs de la chose m'obligeraient fort en m'expliquant ce qu'ils entendent par cet *entendu*.

Cela signifie-t-il que, si le directeur déclare vouloir se priver de caissier ou en choisir un autre, le Conseil municipal et M. le Maire en passeront par là?

Alors à quoi bon nommer un caissier?

Cela signifie-t-il que le maire nommera un caissier, et que le directeur aura beau le repousser, objecter et protester, le caissier sera maintenu?

Alors à quoi bon cet *entendu*?

Si, pour une raison bonne ou mauvaise, le caissier enfanté par la collaboration de M. le Maire et du Conseil municipal ne convient pas au directeur; si le directeur a sous la main un caissier investi déjà de sa confiance; si le directeur a un intéressé auquel soit dévolue la tenue de la caisse; si, enfin, le directeur entend tenir sa caisse lui-même, que répondra M. le Maire?

M. le Maire répondra qu'il y a un caissier nommé par le Conseil municipal, le directeur *entendu*; que le directeur a parlé, qu'il a été entendu, que la loi est vêtue, et qu'il ne lui reste plus qu'à prendre, des mains administratives, le caissier en question, en lui octroyant 5,000 fr. par an.

Or, je me permettrai de demander aux négo-

ciants, industriels, armateurs, banquiers qui
composent le Conseil municipal, et qui ont voté ce
singulier article des deux mains, quelle mine ils
feraient si la Chambre de commerce, ou même le
Corps législatif, leur imposait un caissier ; si, au
lieu de leur laisser le choix de cette cheville ou-
vrière de toute maison commerciale, un corps dé-
libérant les obligeait à prendre un étranger qu'ils
ne connaîtraient ni d'Ève ni d'Adam, qui n'aurait
aucun titre personnel à leur confiance, espèce de
fonctionnaire inamovible qui ne dépendrait pas de
leur autorité, et qu'ils ne pourraient pas révoquer !!!

Comprend-on une maison de commerce fonc-
tionnant avec un caissier indépendant, relevant
de tout le monde excepté du maître de céans, for-
mant un État dans l'État, et, par-dessus tout,
assuré de l'impunité ?

Et voilà pourtant ce que l'on impose à nos directeurs de Théâtres, sous prétexte de les conduire à la prospérité. On est vraiment humilié
d'avoir à signaler d'aussi monstrueuses hérésies
commerciales dans le milieu où nous vivons.

Je ne parle pas du cas où le caissier peut tourner
mal, comme cela est arrivé à d'autres comptables
appuyés des mêmes recommandations ; ce qui pré-
cède suffit pour démontrer dans quel salmigondis

de complications un pareil système entraîne l'Administration.

Encore une fois, revenons aux choses simples ; c'est là que se trouvent les bons principes. Les affaires sont assez embrouillées d'elles-mêmes ; ne les embrouillons pas davantage. Le succès des directions de Théâtres ne saurait être dans l'adoption d'un système qui ruinerait, au bout du temps, les maisons de banque ou d'armement les plus prospères.

On se trompe en cherchant le salut des directions dans l'asservissement des directeurs à des articles de cahier des charges plus ou moins contradictoires, incohérents, et, disons le mot, quelque peu absurdes. Le salut n'est pas là. Il est tout entier, au contraire, dans l'indépendance et la liberté des directeurs.

J'ai dit que la direction des Théâtres est une entreprise commerciale. Je veux que le directeur soit investi des prérogatives et de l'autorité de tous les autres chefs de maison. Je veux qu'il soit maître chez lui, seul moyen d'être obéi et respecté. Je veux qu'il prenne ses employés et auxiliaires là où il le jugera convenable ; qu'il les congédie quand cela lui plaira ; de sorte qu'il n'ait à s'en prendre qu'à lui si ses employés ne fonctionnent ni activement, ni honnêtement, ni discrètement.

Je veux que le directeur, qui a versé 50,000 fr.
de cautionnement, rentre dans le droit commun
des commerçants, qui répondent, sur leur fortune
et l'honneur de leur nom, de la conduite de leurs
affaires, et qu'il soit déchargé des embarras d'un
contrôle impuissant pour le bien, tout-puissant
pour le mal; et je ne comprends rien à ce renversement des choses en vertu duquel ce n'est pas le
maître qui contrôle le caissier, mais le caissier
qui contrôle le maître.

Voilà pourtant dans quel sens le cahier des
charges est conçu depuis le commencement jusqu'à la fin; et on s'étonnera ensuite des désastres
enfantés par un semblable système !

La sollicitude du Conseil municipal a été poussée
si loin dans cette voie, que le cahier des charges
contient, cette année, un article stipulant que le
directeur ne pourra pas distribuer plus de vingt
billets gratis à chaque représentation.

Je me demande ce que le Conseil municipal a à
voir en cela, et que lui importe que le directeur
distribue cinquante et même cent billets gratis, si
cela lui convient ?

Lorsqu'une maison se fonde pour le commerce des vins, trouve-t-elle, dans le code qui régit la matière, un article qui interdise aux associés de distribuer gratis plus de vingt bouteilles par jour? Cette idée de protéger les négociants contre les dangers de leur libéralité n'est venue, je ne le crois, à aucun législateur.

Le Conseil municipal pense-t-il donc que les directeurs de théâtres soient plus bêtes que les négociants de vins en bouteilles, et que les gens qui déposent un cautionnement de 50,000 fr. et engagent une centaine de mille francs de fonds de roulement dans une affaire de théâtre, fassent tout cela pour le plaisir de distribuer gratis, chaque soir, un nombre illimité de billets de spectacle?

Pourquoi ne pas laisser au marchand de billets de théâtre la liberté dont jouit le marchand de bouteilles de vin, et ne pas accorder à l'un comme à l'autre l'entière disposition de sa marchandise, en se reposant sur l'instinct de l'intérêt personnel pour guider le premier, de même qu'il guide le second?

Si un directeur de théâtres distribue des billets gratis, c'est que probablement il pense recevoir en retour quelque chose d'équivalent. Mais ce n'est pas l'affaire du Conseil municipal de prendre les devants et de condamner, par anticipation, un expédient dont il ne peut apprécier ni l'opportunité ni les conséquences. C'est toujours faire preuve d'un zèle inconsidéré, que de prétendre mieux connaître que les gens ce qui convient à leurs propres intérêts.

On me dira que je ne devine pas la finesse de la chose, et que cet article du cahier des charges qui m'émeut si fort a pour effet d'empêcher le directeur, dans les jours de débuts, de remplir la salle de claqueurs complaisants, et de faire réussir de méchants artistes.

Tout cela est fort subtil, mais fort incompréhensible à qui raisonne. Pour me faire croire qu'un directeur va distribuer des billets par centaines afin d'enrôler un mauvais acteur, il faudrait commencer par me démontrer l'intérêt que peut avoir un directeur à cet escamotage.

L'intérêt d'un directeur est de remplir la salle de gens qui paient leurs places. Or, on n'arrive pas à ce résultat avec les mauvais acteurs, mais avec les bons. Tout directeur qui aura versé un cautionnement de 50,000 fr. comprendra ce raisonnement, sans qu'il soit besoin de commentaires.

Cet épouvantail de billets gratis et de claqueurs

ne repose donc sur aucun fondement plausible. Ce sont là de fausses craintes, tirées de fausses appréciations. Le Conseil municipal ressemble à ces peintres de parti pris qui dessinent des omelettes aux fines herbes en croyant peindre des paysages. Il s'est mis dans un faux-jour et ne perçoit plus les objets dans la réalité de leur couleur et de leur nature.

Voyez plutôt. En même temps que l'administration plaçait les directeurs sous la dépendance inopportune et embarrassante de son contrôle, des mesures de police rigoureuses supprimaient le salutaire contrôle du public sur le directeur. Le spectateur, que révoltait l'exhibition des costumes impossibles qui font du défilé de certains chœurs une vraie descente de la Courtille, était forcé de se contenir : une protestation le faisait appréhender, un coup de sifflet l'envoyait au tribunal de simple police.

Au lieu de voir dans le public un auxiliaire, l'autorité semblait n'y voir qu'un ennemi. Ce maladroit système d'oppression avait porté ses fruits. Il y avait encore de la foule au Théâtre, il n'y avait plus de public, et tous les résidus de la Saint-Fort s'étalaient sur la seconde scène de France, sous la protection des sergents de ville. A couvert sous ce patronage, M. le Directeur trouvait le moyen de se moquer ainsi tout à la fois et du cahier des charges qui règle la décence des costumes , et du bon goût, et du public.

Grâce au ciel , cet état d'asservissement à haute pression vient d'avoir un terme. Quelques tièdes bouffées de liberté , aspirées à longs traits par les poitrines haletantes, sont descendues d'en haut. Le monde intellectuel se réveille et s'émeut à ce souffle vivifiant, comme la nature engourdie sous les frimats, aux premiers sourires du printemps.

On se sent respirer avec joie , et , sous cette atmosphère moins lourde , tous les niveaux déjà s'élèvent ; le niveau du commandement lui-même, car la compression ne profite pas de l'avilissement des caractères.

En rendant au pays le sentiment de sa dignité , la liberté rendra bientôt le public à lui-même. Dès lors , que le Conseil municipal se rassure. La résurrection du public sera la fin des exhibitions déshonorantes pour la scène, aussi bien que des escamotages contraires à la bonne exécution de l'œuvre des maîtres, et le directeur, en apprenant à respecter les arts et les spectateurs, apprendra du même coup à se respecter lui-même.

J'ai dit que mon plan de réforme comprend la

suppression du droit des pauvres prélevé à la porte des Théâtres. Je ne veux pas faire, sur le droit des pauvres, de dissertation historique. Tout le monde devine quel sentiment louable l'a fait établir.

On a voulu que ceux qui allaient s'amuser payassent un tribut à ceux qui souffrent. L'idée est touchante. Est-elle toujours juste dans son application, et sont-ce réellement ceux qui jouissent du spectacle qui paient une redevance aux malheureux?

Après les abandons successifs de tout ou partie de leurs appointements imposés aux employés, ouvriers, artistes et choristes de nos Théâtres; après les pertes multipliées subies par ce personnel en général peu fortuné, n'y a-t-il pas lieu de se demander si le droit prélevé pour la caisse des hospices n'a pas cruellement atteint de pauvres familles et amené de respectables détresses?

Mais je ne fais qu'indiquer cet aperçu. Je ne veux pas le pousser à des conséquences qui me conduiraient à réclamer de la Ville un nouveau sacrifice. Or il ne faut pas oublier que les ressources de la Ville sont limitées; que ses finances sont loin d'être prospères, et que, comme tous les malheureux, elle a droit à nos sympathies.

Laissant donc subsister les choses telles qu'elles sont aujourd'hui dans leurs effets, je me borne à réclamer la modification des causes.

La Ville paie 140,000 fr. au directeur pour les Théâtres.

Le directeur paie à la Ville 70,000 fr. pour les hospices.

La Ville donne 140,000 fr. d'une main ; elle en reprend 70,000 de l'autre. En réalité ce n'est que 70,000 fr. qui restent dans la caisse du directeur.

Eh bien ! je demande à la Ville de renoncer à ce chassé-croisé de milliers de francs parfaitement inutile, d'abandonner purement et simplement 70,000 fr., et de supprimer ainsi une comptabilité complexe sans objet, avec son escorte obligée de receveurs, de contrôleurs, de vérificateurs, d'inspecteurs et de paperasses de toute sorte.

Plus de liberté pour le directeur, plus d'économie pour les hospices, moins d'embarras pour tout le monde. Que pourrait objecter à cet incontestable résultat le bon sens qui commande de supprimer tout ce qui fait double emploi, partant tout ce qui est inutile et superflu ?

Maintenant, par cela même que je rends au directeur une liberté d'action complète, que je l'affranchis de cette tutelle administrative qui nuit à son autorité et paralyse son initiative, que j'écarte de lui la prétendue surveillance de M. l'Adjoint au Maire qui, poussé irrésistiblement à la prépondérance, finit par devenir plus directeur que le directeur, je lui impose, par voie de compensation, un sacrifice réclamé par les arts, par la justice et l'honnêteté.

Ce sacrifice consiste en l'abandon du droit prélevé, au profit des directeurs de Théâtres, sur les recettes des bals, concerts et spectacles payants, de quelque nature qu'ils soient, donnés dans la circonscription de la commune.

Il faut que l'on sache, en effet, qu'un artiste donnant un concert dans la salle Franklin, par exemple, ou qu'un pauvre diable mâchant des étoupes enflammées sur les tréteaux de la foire, sont également tenus d'abandonner à M. le Directeur des Théâtres de Bordeaux un cinquième de leur recette brute.

On peut, en cherchant bien, découvrir le motif d'un tribut aussi exorbitant, mais on n'en découvrira pas la justice.

Je ne pense pas que la féodalité ait jamais donné naissance à rien qui blesse plus complètement les lois de l'équité et les sentiments de la conscience.

Toutes les extorsions révoltantes des hauts barons du moyen âge, toutes les exactions commises sur les caravanes par les déprédateurs du désert, restent bien au-dessous de cette coutume barbare, perpétuée en pleine civilisation sous l'abri de la légalité.

C'est le système protecteur, appliqué aux plaisirs de la population, dans toute sa plus hideuse réalité. On a fait pour les théâtres ce que l'on a fait pour les hauts-fourneaux, avec cette différence toutefois que les petites forges ne sont pas tenues d'abandonner aux grandes le cinquième de leurs recettes brutes.

On a créé un directeur *privilégié*, le mot y est, et, pour forcer le consommateur à s'approvisionner bon gré mal gré à cette fabrique de distractions, on a frappé d'un droit protecteur, qui dans la plupart des cas devient prohibitif, les autres fabricants de produits similaires.

Sans se préoccuper du bon droit et de la justice du procédé, on a soumis les autres entreprises d'amusements publics à des conditions onéreuses, qui en rendent l'établissement difficile et, dans la plupart des circonstances, impossible, afin que tous ceux qui entendent se distraire soient forcément obligés d'aller se distraire au théâtre.

C'est le plaisant système de Lagingeole de *l'Ours et le Pacha*, transporté avec une gravité cynique dans l'économie politique en matière de réjouissances.

On dit aux uns : Vous aimez la musique de salon,

les sonates, les symphonies des grands maîtres?
prenez mon.... je veux dire, allez au théâtre.

Aux autres : Vous aimez à voir les ménageries,
les chiens savants, les danseurs de corde? allez
au théâtre.

Vous aimez la fantasmagorie, le microscope
solaire, la prestidigitation? allez au théâtre.

Vous aimez à danser le dimanche après une la-
borieuse semaine? allez au théâtre.

Les spectacles à bon marché vous plaisent, ils
sont conformes à vos goûts et à votre modeste
budget....? portez vos trois francs cinquante au
théâtre.

Sachez-le bien, le théâtre n'est pas fait pour la
population, mais la population pour le théâtre. Le
point essentiel n'est pas que la population s'amuse,
mais que le théâtre prospère.

Or, pour que le théâtre prospère, il importe que
toute concurrence soit éteinte et que le dilettante
raffiné ou la grisette, l'armateur ou l'ouvrier, l'en-
fant ou le vieillard, le savant ou l'illettré, le pauvre comme le riche, s'il leur prend fantaisie de se
distraire, ne puissent pas se distraire en dehors du
théâtre.

Charmant système auquel il ne manque, pour
être complet, que l'institution d'une escouade de
sergents de ville chargés d'appréhender les pas-

sants de la place de la Comédie, et de les conduire par la cravate aux loges à salon du Grand-Théâtre !

Bien que la réforme de cet abus révoltant ait paru jusqu'ici échapper à la pensée du Conseil municipal, car aucune allusion au sujet ne se rencontre dans les délibérations de l'Hôtel-de-Ville, je pense qu'elle serait accueillie favorablement par tout le monde. Ce serait une satisfaction donnée aux véritables intérêts de l'art, de la justice, de la population tout entière, un acte digne, en tous points, des hommes qui représentent une ville renommée par ses goûts artistiques et ses mœurs hospitataières.

Elle formerait le complément du système nouveau que je viens d'exposer, et dont l'ensemble pourrait être figuré par une balance portant :

Dans un plateau, la subvention de 70,000 fr., la suppression du droit des pauvres, la liberté rendue au directeur ;

Dans l'autre, le cautionnement de 50,000 fr., la suppression du droit prélevé à la porte de tous les autres spectacles ;

Et dont le fléau serait tenu par le public et par la presse, remis en possession de leur droit de critique et chargés de maintenir l'équilibre.

Je pourrais m'arrêter ici, car, bien que, très-succinctement, j'ai dit, sur les inconvénients du mode actuel d'administration des Théâtres et sur les modifications les plus urgentes à y introduire, tout ce que j'avais à dire. Mais on a soulevé dans ces derniers jours une question qui se rattache si intimement à mon sujet, que n'en point parler serait une lacune.

Il s'agit des nouvelles dispositions à prendre relatives aux emménagements de la salle du Grand-Théâtre et de la décision déjà prise par le Conseil municipal à l'égard d'une certaine partie des habitués.

Il y a une dizaine d'années, la salle du Grand-Théâtre conservait encore sa physionomie primitive. C'était toujours ce vaste et magistral vaisseau, à la coupe correcte et fière, tel que nos pères l'avaient reçu des mains d'un administrateur nommé Richelieu et d'un architecte nommé Louis auquel, dans son temps et depuis, on accorda assez généralement des connaissances dans sa partie, comme disent les bonnes gens.

La disposition des places de premières était simple. Elle consistait en compartiments contenant six spectateurs, et desservis chacun par une porte donnant sur le couloir. On était dans sa loge véritablement chez soi, allant et venant, sans déranger personne.

Les choses marchaient ainsi depuis près d'un siècle à la satisfaction de tout le monde, lorsqu'il y a quelques années, survinrent d'autres administrateurs et d'autres architectes apportant d'autres idées.

Un simple coup d'œil jeté par les nouveaux venus, dans la salle de Louis, leur suffit pour découvrir les nombreuses défectuosités qui avaient échappé jusqu'ici au commun des martyrs.

Il fut reconnu que l'architecte Louis avait négligé des points de la plus extrême importance; qu'il avait, notamment, oublié les loges à salon, et que, si le Théâtre était à faire, les nouveaux administrateurs et les nouveaux architectes le construiraient de telle façon qu'il n'aurait rien de commun avec le monument actuel.

Pas de loges à salon! Comprend-on bien cela! On se hâta de combler cette lacune. Ce n'était pas chose facile. Mais les obstacles ne firent qu'augmenter le zèle des innovateurs. On sait que les grands esprits comme les grands courages puisent de nouvelles forces dans les difficultés.

Les murs qui étaient ici furent transportés là, les murs qui étaient là furent transportés ici, et enfin, grâce aux plus fortes conceptions, les loges à six places furent supprimées, les portes sur le couloir furent supprimées, l'amphithéâtre fut supprimé ; sans compter une infinité d'autres choses.

La salle prit un aspect nouveau.

Des portes blanc et or d'un merveilleux goût, tranchant sur le fond grenat de l'ensemble, furent établies de manière à desservir une vingtaine de places chacune. Innovation qui réussit au delà des espérances ! La proximité des siéges entre eux, aidée par l'ampleur des toilettes tapageuses du temps, fit qu'atteindre une place devint difficile, et qu'en sortir devint impossible.

Quant aux loges à salon réduites à des proportions mesquines et étranglées, — par la faute de Louis, — on y posa modestement des patères.

Ces merveilles d'architecture décorative ont coûté, les uns disent 600,000 fr., d'autres 800,000, d'autres bien davantage. La vérité est que pour le public le chiffre réel est encore un mystère. Qu'importe, après tout, au public? Le troupeau que l'on débarrasse de sa toison bénit les ciseaux du berger sans s'inquiéter du reste.

Mais ne voilà-t-il pas, ô vicissitudes des choses d'ici-bas, que les dames, retenues dans l'immobilité sur leurs siéges comme des images de saintes dans leurs niches, s'exaspèrent ; que les maris font

chorus ; qu'un tollé général se fait entendre, et que
l'on parle de tous côtés de détruire tant de belles
inventions pour les remplacer par quoi? Par ce
qui existait avant elles ! Plus d'un homme d'esprit
et de bon goût a déjà pris la plume ou la parole
en ce sens, et avant longtemps peut-être pourra-
t-on dire de ces charmantes portes blanc et or que
vous savez, et de ces jolies loges à salon avec
leurs jolies patères, ce que le poète a dit de la
jeune fille morte en sa fleur :

> Et, rose, elle a vécu.....
> L'espace d'un matin.

On ne saurait douter, en effet, qu'en présence
des sollicitations unanimes dont elle est l'objet,
sollicitations si bien justifiées par l'évidence des
faits, l'Administration ne prenne à cet égard une
prochaine détermination.

Certes, il est douloureux de penser que des
sommes aussi considérables se trouveront ainsi
avoir été englouties en pure perte, ou à peu près,
dans cette entreprise inconsidérée; mais il est
consolant, toutefois, de pouvoir se dire que la
faute en est plutôt aux circonstances qu'aux hommes. Rappelons-nous qu'à l'époque où ces erreurs
furent commises, l'opinion n'était pas consultée,
et que le droit de discussion, rendu par un décret

récent aux organes du sentiment public, était contenu dans les plus étroites limites. Nul doute que, si la presse avait pu librement s'expliquer sur le mérite de ces déplorables réparations, elle en eût fait ressortir toute l'inopportunité, et qu'administrateurs et architectes, éclairés par ses sages conseils, eussent évité du même coup un accroc à nos finances, une humiliation pour leur amour-propre.

En attendant qu'il mette de nouveau les démolisseurs à l'œuvre, le Conseil municipal vient de prendre une décision qui a d'autant plus ému ceux qui en sont l'objet, qu'elle renverse des habitudes prises et ayant en quelque sorte revêtu par la tradition le caractère d'un droit acquis. Je veux parler de l'interdiction faite aux Cercles d'occuper désormais, aux premières galeries, des loges qui leur soient spécialement affectées.

Cette mesure atteint le Club Bordelais, qui occupe les deux loges des extrémités latérales; le New-Club, qui occupe deux loges de face, et enfin les Cercles Philharmonique et de l'Union.

On a dit, pour justifier cette décision, que d'autres cercles avaient réclamé des loges aux galeries, et que l'alternative, ou de voir les galeries envahies par les habits noirs, ou de maintenir des exclusions et de créer ainsi des priviléges, avait conduit le Conseil municipal à cette mesure radicale.

Il est à regretter que le Conseil municipal n'ait pas laissé au directeur le soin de prendre des dispositions qui relèvent évidemment de la police de la salle. Je n'attaque pas la mesure. Il pourrait y avoir inconvénient à ce que les galeries fussent exclusivement occupées par les membres des cercles; mais le directeur, plus personnellement intéressé dans la question que tout autre, n'aurait pas manqué de la trancher d'une manière conforme aux vues du Conseil municipal, en y apportant toutefois des tempéraments convenables.

Je ferai observer, en effet, que les loges possédées par le Club ont de tout temps servi d'asile à la jeunesse qui fréquente les théâtres. A aucune époque, ces loges, qui ont dû jadis à leur personnel un peu bruyant le surnom d'*infernales*, n'ont été adoptées par les dames. Aujourd'hui, pas plus qu'autrefois, les dames n'y viendront prendre place. Rendues au domaine public, il est certain qu'elles seront exclusivement occupées, comme avant, par les jeunes habitués des Théâtres, c'est-à-dire, par les membres du Club Bordelais et par ceux du New-Club.

Dans l'état des choses, je crois donc que ce serait non-seulement une mesure juste, mais encore un acte de bonne administration, que de les répartir entre le Club Bordelais et le New-Club. En vertu de la position qu'elles occupent dans la salle, ces loges peuvent être l'objet d'une application spéciale, sans créer aucun droit ou aucun précédent dont personne puisse se prévaloir pour émettre aucune prétention de même nature.

Si, comme j'en ai l'espoir, la combinaison que je propose est favorablement accueillie, je serai heureux d'avoir pu contribuer ainsi à calmer des émotions plus profondes, sans doute, que le sujet ne semble le comporter, et je me féliciterai de ce que le hasard, en me permettant de plaider en passant une cause sympathique, m'aura fait l'avocat de la jeunesse que j'aime pour tous les aimables souvenirs qu'elle me rappelle, et pour tout ce que ses aspirations libérales promettent aux destinées futures de mon pays.

Je considère comme une bonne fortune pour ce travail éphémère, d'avoir rencontré incidemment une question qui, malgré la futilité apparente ou réelle des motifs, excite les préoccupations d'esprits qui ont toutes les charmantes impétuosités de leur âge, avec tous les généreux pressentiments de l'avenir; et ces lignes n'eussent-elles d'autre résultat que celui que je sollicite de la bonne grâce de l'Administration, je me trouverai suffisamment récompensé de les avoir écrites.

Et maintenant, vienne un directeur à l'esprit éclairé qui comprenne l'importance de sa tâche et sache la remplir avec droiture, et je lui promets la fortune.

Les chemins de fer, les bateaux à vapeur, l'amélioration des routes, en amoindrissant les distances, ont sensiblement modifié nos habitudes et inspiré aux populations le désir des déplacements. Par son importance, Bordeaux se trouve être un centre d'activité où viennent se retremper toutes les forces vives de la zone méridionale, en même temps que, par sa position, elle est l'étape naturelle de tous les riches aventuriers que la mode entraîne soit aux Thermes des Pyrénées, soit aux Bains de mer de Royan, d'Arcachon ou de Biarritz.

Tous ceux qui suivent assidument le théâtre ont pu constater l'effet heureux de ce mouvement inaccoutumé sur les recettes, et la saison des chaleurs, qui était une cause de détresse pour l'exploitation de nos Théâtres, est devenue, sous les influences nouvelles, une cause de prospérité.

Aidé par tous ces éléments de richesse dus aux ressources extérieures, que le directeur se repose aussi sur les ressources infinies que lui offre une population amie des plaisirs et des délassements artistiques.

Qu'il s'inspire toujours du milieu dans lequel il agit ; il y trouvera les raffinements du bien-être matériel joints aux aspirations intellectuelles les plus élevées, et, en se modelant sur toutes ces élégances, l'accomplissement de son devoir lui deviendra facile.

Qu'il dédaigne ce charlatanisme de trétcaux sur lequel la plupart de ses prédécesseurs ont cru fonder leurs succès, et qui ne saurait être suivi que d'humiliants déboires.

Qu'il n'oublie pas que son meilleur ami et son plus puissant protecteur, c'est le public ; que dans les sympathies du public réside toute sa force, et qu'en dehors de ces sympathies, que donnent seuls de vaillants efforts et d'intelligents sacrifices, il n'y a pour lui aucun concours sérieux.

Qu'il provoque les conseils de la presse au lieu de les redouter. Même dans les égarements passionnés de la critique, l'homme éclairé sait toujours découvrir quelque enseignement dont il fait son profit.

Qu'il sache qu'il vaut mieux lutter et vivre discuté, que de végéter misérablement dans le dédain pour s'éteindre dans une silencieuse indifférence.

La diplomatie de Michel Perrin est encore la meilleure, et c'est en abordant avec franchise et loyauté les difficultés de son œuvre, qu'il trouvera les plus sûrs moyens d'en assurer le triomphe, se montrant ainsi réellement digne d'une ville dont la fécondité méridionale a développé au suprême degré les richesses intellectuelles, et de laquelle on peut dire sans flatterie que tout le monde y a de l'esprit, même les sots.

Bordeaux. — Imprimerie générale de Mme CRUGY, rue et hôtel Saint-Siméon, 16.

EN VENTE

DU MÊME AUTEUR :

L'EMPRUNT

DE

VINGT MILLIONS

Bordeaux — Imprimerie générale de Mme Crugy, rue et hôtel St-Siméon, 16.

www.ingramcontent.com/pod-product-compliance
Lightning Source LLC
Chambersburg PA
CBHW060852180626
46818CB00004B/1665